句集

髷を切る

芳賀博子

青磁社

髭を切る　目次

髷を切る

1　ガラス猫

歩きつつ曖昧になる目的地
壁の染みあるいは逆立ちの蜥蜴
後悔が乾かないまま雨になる

品がない　そうかそういうことらしい
まだ息をしてる屑籠の手紙
私にはわかっていたという微笑

語り手がかわってありふれた喜劇
一番の理由が省略されている
ゴミ袋ぼそっと突いて薔薇の茎

母からの電話　部屋干しのにおい
大丈夫だからと全部突き返す
パンにジャムジャムジャムジャムお日様を拝み

欠けてから毎日触れるガラス猫

信号を守り指切りを守り

先客が佇む土砂降りの神社
夏蜜柑けっきょくもっと傷つけた
ラジオでは笑い話になっている

平行線何時間でも愛し合う
新しい鍵はドイツの確かさで
単純に力を欲す夏野菜

走っても逃げても向日葵の陣地
夕闇のどこから漏れているインク
ペディキュアを見つめて風のないホーム

処世術ときどき石ころに変化《へんげ》
曼珠沙華一段暗くなる向こう

2 消える魔球

はるばると叱られにゆく梨の花
春暮れる消える魔球を投げあって
その言葉いいなあ沖の白い船

先生の愛した先生の写真
まだ痛むところに生えてくるシッポ
軋みつつ天使飛び出す時計台

目撃者捜しのビラも春の駅

本当は人を厳しく選ぶ紺

しいたけ茶　今年も欠席で返す

早朝のファクスじじじと母の文字
まったくです一任します　娘より
平凡な飛距離にいただいた拍手

もうすでに絶滅とあり鳥図鑑

ミニサボテンひとつ私のテリトリー

難題のてっぺんに振る粉砂糖

釣り銭を追いかけながら夕暮れる
十時間眠って確かめる失意
そこらじゅう汚してぱっと立ち上がる

父の日と気付く小さい虹を見て

目の前の男にねだる肩車
古ミシン海の続きを縫っている
ほっとしてどうするまだ泣ける自分

土を買う土に埋めてみる両手
ペダル踏む今夜大花火が上がる

3 送ってく

上巻が終わる世界を焼き尽くし
幸運の獣と知っていたならば
たっぷりと干した枕に諭される

神木が揺れる命の使いどこ

美しく切断されるつながれる
春の風邪色とりどりのだまし舟
囀りになってしまって告白は

君がふと油断しているいい写真
セキュリティシステムエラークロッカス
女の子くしゅんとくしゃみして蝶々

待っているから色鉛筆の地図

無事保護のテロップが出て春静か

チューリップはらりと顔を失って

この鍵はちがうあの鍵は捨てた
読みふける女性専用車両にて
くまさんの病気　目ん玉のビーズ

新聞の一面で泣く赤ん坊
長い長い吐息をもらす空気穴
私も土を被せたひとりです

手すりから身を乗りだしてつかむ雲

朝顔を預けて小さき旅鞄
手のひらのえさも手のひらもあげる
がたぴしと二人のジェットコースター

一日に翼をつけて飛ばす窓
送ってくカンナが尽きるところまで

4 ロング缶

大声で復唱されるカレー蕎麦

その傷を消します少し削ります

舌先がもつれはじめる雨季近し

M78星雲へ帰るバス

ロング缶1本　本日の墓標

眠っていたらしい歌っていたらしい
誰ひとり本気でさがさない出口
巣のようなものを作ってまた落とす

実弾が飛び出すここだけの話

深閑と回転寿司の皿の数

鳥の声たてて職質を受ける

定例でお願いしますグッドバイ
やわらかい握手で値踏みされている
キウィ毛深しサービス残業が続く

くいだおれ太郎になにを言いました？

鬼門より一直線の蟻の列

撤収の小雨　広場の拡声器

袋綴じ企画ニッポンのすべて

はっきりと悪意になってゆく雫
もうそれはたぶん要らない部品です
言い訳の途中で串が折れている

一〇〇メートル9秒台が出るスーツ
サブちゃんの「まつり」合唱して手打ち
忍耐が足りないんでしょうなあ　ぷかり

5 俗にいう

つるはしを突き立てたまま出ていった
朝刊に今を生きよというチラシ
セーターの毛羽立ちうまくしゃべれない

ラストサムライにおごってもらう玉子丼
一点の嘘　数式が完成す
ご心配無用南京玉すだれ

猛省すかまぼこ板に正座して
うろこ雲ひとさし指ではじく論
蹲る　まだまだ転がってゆける

俗にいう世界に一つだけの花
どぼどぼにソースをかけて許しあう
ややこしい紙切れみんな折鶴に

お力になれずぎんなんかんにんな

火は少し笑って火の海へ消えた
さあねえと牧師は菊へ向きなおり
ゆるやかにカネの話へ流れつく

他人史がどさりと届く文化の日
説得力さらには鳴門金時だ
伝説になる全身に矢を受けて

芒からやっと怒りが抜けました

ひょいと摑むもう一本の手を出して
動かない方も温められている
木枯しの南京町の最後尾

一年をかけて一年が終わる
未来から来た人たちと酔っている

6　ヘッドフォン外せば

春愁水に戻している手足

今生の隅に突き出す自撮り棒

いまどこいまどこ「このビルの屋上」

ダイナマイト使用心得春霞

のっけから笑わせたくてこんな髪

笛吹きケトルの物真似が得意

みずかきをぱっと開いて転校す

春の雨　気を失ってゆく蕾

手の甲にしばし屈伸する涙

ただいまと空を走ってきたように

生傷に生クリームのありったけ
ハンカチにつつんで帰る負け力士
大体の北がわかれば大丈夫

ひきちぎるためにつないでいる言葉
七つ目の賽銭箱の奥の森
ヘッドフォン外せば梅雨が明けている

一斉送信ねずみ花火を添付して
建て付けの悪い渚のパラダイス
ずばりにはずばりで返すかき氷

まあまあとおばけへチマが揺れている
たましいの隙間の糸くずやほこり
ブリキの金魚　宿題が終わらない

ストローと私だけになる九月

いいよって乗っけてくれたトンボの背
手短に告げるクレーの喫茶店
追いかけるように化石になっている

今日咲いた花　今日逢った人　恋し
忘れずに飲むカプセルのポプラ色
月の暈積荷にかけるおまじない

お金なさすぎーって女子高生ジャンプ

ストリートバンドの端の大マスク
改札にはさまれているクリスマス
シクラメン星占いに死角あり

鶴はもう君のことしか見ていない
コイントス天まで上げて転生す

7　殴り込み

揚雲雀キスの呪縛はキスで解く
苺スプーン　デマを拡散させている
はつなつの葉裏粛々と和姦

嘘ばっかついて美しかった鈴
主婦よ主婦よ主婦よと検問を通過
殴り込みかけてカルピスなど出され

クレマチス盗み返しただけのこと
大喧嘩になってマトリョーシカの中
すさまじいピンクになって事切れる

わたくしの真っ暗がりに貼るお札
昼の月脱毛クリームの微香
母の日やストッキングはすぐ乾き

パンに黴　亡命先が決まらない
コンビニでたまに見かけるソクラテス
生真面目なコーヒーが付くBランチ

かたつむり教義に背く方向へ

紫陽花のブルーを以て結審す
恋だったとわかる破片のかたちから
溜息をつけば百年ずつ老いる

モノクロコピー強い濃度で出す愁い

人生にときどきふってわくメロン

日雷　金具のついている下着

ひたひたと木目にしみる化粧水
ぜんぶさわろうハワイまで来たんだし
厄介な翼が生えてくるお酒

ワンピース洗う晩夏の匂いごと

金木犀ピアノは妹を選ぶ
猫もまた秋の傾斜に身をすくめ
失った針がめぐっている銀河

新しい恋　新米の水加減
行く秋の縫い目きれいにほつれたる
その声も小さい鐘になりました

ニホンオオカミの末裔にてネイル
月光に流されながら二人乗り

8 大原則

天守閣ローソン全店一望す

春遠し猫から猫を取りあげて

ああさくらさくら白髪を揺すりあい

二度寝してまたもアメフラシと出遭う

近況はうんと強気に花切手

交合を見守る空気清浄機

いつ切るかなあ麓まで伸びた髪
蔓噛んで次々思い当たるふし
ラケットを振り抜きなさい長女でしょ

魂胆がよくわからないぬれおかき
混沌のここが心臓ここが肺
針生姜　だって税金なんですよ

厨まで燃え広がってくる躑躅

お免状曰く精進のみである

湯船よりアンドロメダへ抜ける穴

助っ人のみんなベジタリアンであり
母という大原則にのっとって
おしまいに羽音をたてる洗濯機

文芸の力よスプーンが曲がる
あ、録画するのを忘れてた戦争
少々の風ならかまわない鱗

着ぐるみにバックハグされ秋の暮

やっぱり詩だ詩がいいなと逝った
米粒になって見上げている夕日
そういってギターの神は吸い終える

仏頭のずんと十一月の底

9 新しい巣

夜の雲この冬一番の鈍器
驚いたままで車窓が動き出す
春をゆくぴかりと前科光らせて

まだ雪がちょっと残っている男
デッドラインデッドラインと春深む
髷を切る時代は変わったんだから

生きてゆく手首にすずらんの香り
私との約束はいい　行きなさい
記念写真一同一様に異郷

梅雨闇の奥より引っこ抜く虫歯
一頭の鹿はひっそり肉食に
最後には雨の力で産みました

ウルトラマンが救った街と棄てた街
知らなかった座れば負けというルール
空箱で作るひと夏の柩

人間がまたわからなくなる便り
それだけのご縁であったざる豆腐
戦場に秋の花芽がついている

いったん置こう大仏さんの手のひらに
万物が母をさがしている日暮れ
忘れゆくゆっくり樹海深くして

新しい巣からみている遠花火

10 遠心力

ぽつねんと冬眠明けの朝マック
焼けばわかるポリエステルか純愛か
春みかん受けた仕事は誠実に

惜しみなく蝶をひらいてゆく光

部屋中にスイトピー語の飛び交うよ
指先のてんとう虫を先導に
どうぞどうぞ愛さえあれば育ちます

小数点以下はたんぽぽの綿毛

駆けつけてくれたトミカの消防車
約束に厚いカバーをかけている
嗚呼あなたでしたか虹の正体は

晩年のアリスを語り継ぐうさぎ
箱舟に乗って展望フロアまで
伐りだしたまんまの夜の匂いです

しばらくは蜥蜴を追っていた尻尾
打ち明ける優しい方のミッキーに
あの頃の喧嘩がしたい天気雨

今日ちゃんと私がいたという指紋
月光に触診されている窓辺
恋人の吐息にそっと着水す

ひとときの夢へ並べるパイプ椅子

咲いてゆく遠心力をフルにして
その時は迷わず君の名を呼ぶよ

あとがき

二冊目の句集となる。

第一句集から十五年が経った。

ほんにあっという間、でもなかったこの間に詠んできた句を篩にかけた。篩の目はところどころめっぽう不揃いで歪ではあったけれど、残った句が私の今だ。

十一年前、師である時実新子が世を去った。師の主宰する川柳誌も終刊になり、さあ、どうする。と、しばらく空を仰いでいたら、足は自然に外へ向かっていた。

近い外、遠い外、さらには川柳圏外へ。

行く先々でたくさんの出会いを得た。

出会いは常に刺激的で、川柳を書き続ける力を与えてくれた。と同時に、折にふれ自分がどれだけ恵まれた場所で学んでいたかを気付かせてもくれた。

気心知れた仲間との座では、今も率直に意見を交換し合える。しかしもちろんそこにも時代の風がびゅうと吹き渡り、川柳という文芸の幅も深さも自由度も、いよいよ計り知れないことを実感している。

そんな風の中で、つと髷を切ってみた。

いきおい、句集を作ることにした。


出版に際し、青磁社の永田淳氏には貴重な助言をいただき、装幀は濱崎実幸氏にお願いした。濱崎氏は三十年来の友人でもある。

さて句集は授かりもの、とも思う。
ささやかな一冊ではあるけれど、ここにいたるまでに導き、励まし、さまざまなかたちで携わってくださったすべての方に、深く感謝申しあげます。

芳賀博子

二〇一八年盛夏

ドリームモード

（文庫版新章）

非常ベル鳴りっぱなしの五月晴

県境を封鎖しているハルジオン

地方局からの香ばしいニュース

陽炎に抵触するのではないか

夕焼のまだ書き込みもなくきれい

銀ピアス蛍を誘い出すための
本件については折をみてダリア
葛切に見合う答に落ち着いて

八月をはちぐわつはちぐわつと歩む

さっぱりとそんなさびしさ眉鋏

新涼の牛乳パック切り拓き

勝敗に影響しないカーディガン

ひとつずつジンクス破るアポロチョコ
コスモスにかぶれた痕を見せあって
霧だから　しかも野生の霧だから

梟の割り振ってきた役どころ
ふとん乾燥機ドリームモード強
旧式の嘘発見器ヒヤシンス

要請に応じるならば東風ってか
遠い雲ながめて春のパンまつり
来年の今ごろへ吹くしゃぼん玉

涙腺が夜を分泌するしくみ

文庫版あとがき

句集『髷を切る』の初版発行から五年。本書はその文庫版、には違いないのだけれど、新しいかたちは自身の感覚としては、むしろ生きものの変態に近い。たくさんの方に育まれて思いがけなく、たとえばもし蛹が蝶になるように羽根など得られていたら、この先にまたどんな世界が広がっているのだろう。

文庫化に際し、新たに一章を追加収録した。初版以降に詠んだ作品から選び、選句中はこの五年と改めて向き合う時間ともなった。

町田康氏には解説をもって、一川柳人としてあることの喜びをいただいた。

心より感謝申しあげます。
新装版もさまざまなご縁によって生まれ得た。
ただただありがたしと思う。

二〇二三年立秋

芳賀博子

解説

町田　康

昔、THE FOOLSというバンドがあり、そのバンドの曲にMR.FREEDOMというのがあった。〽自由が一番、ゴキゲンさ、ベイビー、自由が一番、最高さ、ベイビー、という歌い出しで、その後、ずっと自由を主語として、自由の良さ、自由の尊さを称揚する歌であった。

本当にその通りだと思う。殊に仕事に、人間関係に、もっと言うと自分自身に縛られて身動きが取れなくなっている瞬間などは一層その思いが強い。世間という舞台でアホみたいな衣裳を着て、空疎な科白を、言わされているならまだしも、自ら脚本演出して言わなければならない今日日の人間はみな、その瞬間、瞬間、「家に帰りたい。帰って楽な恰好で寛ぎたい」と思っている。

そこで演劇が終わったら直ちに家に帰るのだけれども、帰ったら帰ったでこんだ、孤独、という地獄が待ち受けており、誰でもよいから人と関わりたい、という思いに取り憑かれる。あれほど一人になりたい、と念願してそれが叶った瞬間にそう思う。

そこから先の対策は人により様々であるが、その一つに芸というものがある。芸を習い、自分でこれをやって、自らある達成を感じるまでこれに没頭することで孤独を閑却し、そのうえで、人にこれを見て貰い、感想を述べて貰い、共感を得ることによって孤独を癒やすのである。

ただ一口に芸といってもいろんな芸があり、例えば手芸、園芸、演芸なんかがある。

しかし芸には向き不向きというか、一定程度の資質というものが必要で、手芸をやろうと思ったら手先の器用さが必要である。園芸をやろうと思ったら根気が求められる。演芸をやる場合は知恵と愛嬌というものが必須になってくる。そしてどれにも共通して、費やす金と時間が要るなあ、という話になる。

しかしそれよりなにより問題となってくるのは、それによって渇きが癒やされると同時に、他人がそこにいることを主たる理由として、もうひとつの世間、が立ち上がって、こんだ、その世間に自由が縛られる、という点である。

という訳で、これらの芸は対策としては今ひとつである。

ではどうすればよいのか。私らは一生、不自由と孤独のなかで生きていくしかないのか。と云うと、その通りなのであるが、そうした技芸の中で、わりかし素質も要らず、費用も少なくて済み、わりかし世間も立ち上がらずマアマア自由、みたいなのがひとつある。〽それはなにかと尋ねたら、ベンベン。そう、文芸である。

なんとなればそれが基本的に、ひとり遊び、であるからであり、また、人が思考や感情を表現する際、言葉を使うのが最も簡便であるその一方で、それにそこそこの不備があるため生じる齟齬や錯覚があり、その齟齬や錯覚と簡便な機能をうまく組み上げる文芸の技法によって他人が感応して共感を生む、という現象が起こりやすいからである。

マアそれにしても向き不向きはあるのだけれども、そういう訳で向いている人にとっては、文芸は孤独からの救済としてそこそこよい手段であると言える。

と言うと、「そこそこなのか。凄くよいのではないのか」と思う人があるかも知れない。というのは仕方のないことでなんとなれば、最初に言ったように、人間は常に、どんな時でも自由を希求して已まないのだけれども文芸には文芸を行う際の不自由があるという点である。

それはなにかというと、自由を求めるが故に辿り着く不自由さ、と云うものので、それは例えば園芸と比較すればよくわかる。園芸に人為的なるルールはなく自由である。どんなことをやっても草花が生育すればそれでよい。だから、「花に熱湯をかけてはならない」と云う禁止事項はない。ただ、そんなことをすれば間違いなく花が枯れる、という事実があるのみである。それ故、園芸をやる際、「俺は花に熱湯をかけたい。なのにかけられない。不自由だ」と思う人はない。

翻って文芸はどうかと云うと、そこにはどんなルールもない。原稿用紙に熱湯を掛けてもなにも枯れない。ただ濡れるだけである。なぜルールがないかというと、それに合理的な目的がないからで、なぜ合理的な目的がないかというと、人がものを書くとき、そこに存在するのは自分ばかりで、草花や他人や世間、といったものが一切なく、あるとすればそれらに対する自分の想念と自分だけで、なにをやっても、その時点、つまり書いている時点ではなんら現実に影響を及ぼすことがないからである。

それは書くということの本質的なことなのだけれども、しかし合理的な目的がない、ということは人にとって不安な事態である。その不安を解消するため、利用されるのが、現存する文芸の様々の形式やジャンルで、それには小説、現代詩、戯曲、俳句、短歌など様々あって、この枠組みをある程度定めることによって、「花に熱湯を掛けてはいけない」といった当たり前のことから、一門に伝わる秘伝口伝に類することまで、様々のルールに則った「作品」を書く、という合理的な目的が生じ、安心して作物に没頭することができるし、ルールを共有して同じジャンルにいる人に共感を生みやすい。だけど、そうするとルールに縛られ、また、多くの人が歩む共感に至る道筋を探ることが主たる目的となって、そもそも目指していた、マアマアの自由、が忘れられて、だんだんなにをやっているのかわからなくなってくる。

じゃあどうすればいいのか。「自分たちは、やはり不自由と孤独を感じつつ、世間に追随して生きていくしかないのか」と言って、「いやさ、そうでもない」と思うのは本書『髷を切る』を読んだからである。

大体こうやったらこうなる。そのようなことで私たちの感情は文芸的に処理される。そしてその文芸的に処理された感情は生の感情ではないから、読者は鑑賞しやすいし、作者は管掌しやすい。だけど、その時、トリミングされてしまった部分にこそ、俺らの真実が実は宿っていて、これらの句のなかには、それが無目的かつ自在自由に描かれてある。だからこそ

ゴミ袋ぼそっと突いて薔薇の茎

ゴミ、も、ゴミ袋、も、ぼそっと、も、突いて、も、薔薇、も、茎、も、どれもひとつびとつが置き換えできない言葉としてそこにあって、全体として見たことがないのに忘れられない景色を見せながら、誰にでも覚えがあるのに世間やルールの形に合わせて処理してしまった小さな感情が復元せられてここにあらしめて在る。

人に人生を語られると、「わかったようなことを吐かすな」と言いたくなるのは、小賢しい言葉上の達観と人を恋うたり老いたり死んだりすることに無限の隔たりがあるからだが、

人生にときどきふってわくメロン

と言われると、その通りだと頷き、頷いただけでは足りないような気がして、ないメロンを抱いて踊ったり、石仏に打ち付けて叩き割ったりしたくなる。そしていつの間にか、マアマア自由になって暫し孤独から免れている自分に気がつく。凄いことである。

（作家）

句集　髷《まげ》を切る

初版発行日　二〇二三年九月一八日
著　者　芳賀博子
定　価　一二〇〇円
発行者　永田　淳
発行所　青磁社
京都市北区上賀茂豊田町四〇―一（〒六〇三―八〇四五）
電話　〇七五―七〇五―二八三八
振替　〇〇九四〇―二―一二四二二四
https://seijisya.com
装　幀　濱崎実幸
印刷・製本　創栄図書印刷

ISBN978-4-86198-571-3 C0092 ¥1200E